© 2021 René Kanzler
Bibliografische Information der Deutschen
Nationalbibliothek. Die Deutsche
Nationalbibliothek verzeichnet diese Pub-
likation in der Deutschen Nationalbiblio-
grafie;
detaillierte bibliografische Daten sind im
Internet über http://dnb.dnb.de abrufbar.
Herstellung und Verlag: BoD – Books on
Demand, Norderstedt
ISBN: 9783753457574

Über das Wesen der Kunst

Vier Gespräche zwischen einem Gärtner
und seinen Gästen

Vorwort

Es sind nunmehr vier Gespräche entstanden, die ich mit meinen und fremden Stimmen versehen habe.

Von Anfang an liegt offen zutage, wen oder was die Gesprächspartner darstellen. Da mag vielleicht auf den ersten Blick ein Nachteil für den Grad der Unterhaltung sein. Aber was kümmert Unterhaltung, wenn Verständnis das Ziel sein soll? Die Erfahrung zeigt, dass Gedanken heute besonders einfach zu vermitteln sind, will man nicht nur Gleichdenkende erreichen. Zudem gilt: Die Abkehr von einer kriminalromanartigen Geheimniskrämerei kommt unserem Alltag am nächsten. Ein Abbild von ihm zu schaffen, ist für mich wertvoller, als für Ablenkung von ihm zu sorgen. Im Alltag genügen oft wenige Wortwechsel, um bestimmen zu können, mit wem wir es zu tun haben. Oftmals gelingt es uns aber nicht, zu einer schnellen Kenntnis zu gelangen. Und einen der möglichen Gründe hierfür zeigen die ersten Gespräche mit einem strahlendfreundlichen Marketingprofi und einem spitzfindigen Halbakademiker auf.

Ferner bin ich seitjeher bestrebt, das Leserinteresse von dem Verlangen, etwas Privates vom Autor zu erfahren, abzulenken und vielmehr Wert auf die Sachen, die zu behandelten Gegenstände, ja die eigentlichen Probleme zu legen. Darum habe ich meine Auffassung von dem, was man als Kunst bezeichnen könnte, gut verborgen. Und damit die Gesprächspartner nicht zum Wohle irgendwelche Affekte und Ablenkungsdiskussionen als reale Persönlichkeiten identifiziert werden, stellte ich sie lieber als Stereotypen dar, ohne jedoch auf ein gewisses Maß an Vielschichtigkeit zu verzichten, die eine Diskussion über Kunst erfordert.

Die Gespräche können auch unabhängig voneinander gelesen werden. Je nach Grad der Spitzfindigkeit, des Willens um Diskussion und der Beschaffenheit des jeweiligen Stereotyps variieren die Gespräche in Länge und Komplexität. Der Aufbau des Buches ist jedoch nicht willkürlich gewählt und beinhaltet weitere Aspekte möglichen Denkens und Sprechens über Kunst. Die Wahl, vier Gespräche aufzuzeigen, ist dem geschuldet, dass ich hier inhaltlich weder eine fertige Theorie der

Kunst noch methodisch einen langweiligen Dreischritt aus These, Antithese und Synthese präsentieren will. In jedem Gesprächsteil sind Gedanken zu finden, die einladen, sich selbst zu positionieren. Und erst die Auseinandersetzung mit allen wird dazu beitragen können, so etwas wie eine eigene Auffassung von Kunst zu erstellen. Das vorliegende Buch hat daher lediglich zum Ziel, einen Anreiz zu geben, über etwas nachzudenken, von dem nur allzu Viele täglich reden, aber keiner davon genau angeben kann, über was er eigentlich spricht.

Wenn die folgenden Gespräche dazu beitragen können, den Hochmut von manchen zu mildern und unsicheren Naturen ein wenig Mut zu verschaffen, dann habe ich meine Aufgabe als Autor in Zeiten der ständigen Affekte erfüllt.

25.08.20, Torgau

Das erste Gespräch (mit einem Marketingprofi)

Künstler
Entschuldigen Sie bitte.

Gärtner
Ja? Was kann ich für Sie tun?

Künstler
Ich komme von der großen Akademie der Künste und wollte den Meister besuchen. Ich hörte, er wisse alles über die Kunst und könne mir weiterhelfen.

Gärtner
Was er gerade macht, kann ich Ihnen leider nicht sagen. Ich bin nur der Gärtner. Aber ich weiß zumindest, dass der Meister gerade außer Haus ist. Wann er wiederkommt, ist ungewiss. Tut mir leid.

Künstler
Ach, das ist aber auch schade. Schließlich habe ich einen so weiten Weg auf mich genommen und jetzt ist der Meister nicht einmal da.

Gärtner
Was wollten Sie denn mit ihm besprechen? Ich will nicht neugierig sein, aber vielleicht könnte ich ihm etwas ausrichten.

Künstler

Das ist sehr freundlich von Ihnen. Nun, Sie müssen wissen, ich bin Künstler. Und als Künstler ist es natürlich mein Ziel, so viele Leute wie möglich anzusprechen und sie für meine Kunst zu begeistern. Leider habe ich seit einiger Zeit den Eindruck, dass ich nicht mehr genug Interessenten erreiche, obwohl ich wirklich alles tue, damit ich den Leuten gefalle. Das können Sie mir glauben.

Gärtner

Oh, das glaube ich Ihnen aufs Wort, schließlich kommen Sie extra von der großen Akademie der Künste. Das muss einfach etwas heißen. Nur, was wollten Sie dann beim Meister?

Künstler

Ich wollte ihn fragen, was ich falsch machte, und ihn bitten, mir zu sagen, was ich tun könnte, um wieder mehr begeisterten Menschen meine Kunst näherzubringen.

Gärtner

Haben Sie denn einen so kleinen Interessentenkreis? Das wäre schade, gerade wenn es um Kunst geht.

Künstler

Nein, im Gegenteil, ich bin der Künstler mit dem größten und weitesten Kreis an Zuschauern, Interessenten und Kennern. Es gibt niemand anderen, der so bekannt ist wie ich. Und dafür musste ich einiges tun. Das fiel mir nicht von heute auf morgen in den Schoß. Doch meine Stellung will ich jetzt auch behaupten. Und freilich gilt: Je mehr, desto besser, nicht wahr?

Gärtner

Je mehr, desto besser, meinen Sie? Ich weiß leider nicht, wie das in der Kunst vonstattengeht, aber als Gärtner weiß ich, dass es für alles ein Maß gibt. Wenn beispielsweise eine unserer Prachtlibellen Hunger hat, dann fliegt sie los und jagt und frisst nur so viel, wie sie braucht.

Künstler

Das mag sein. Aber Künstler sind keine Prachtlibellen, nicht wahr? Wollen wir uns vielleicht auf diese Bank dort setzen; dann kann ich Ihnen gerne ein wenig erzählen, wie es sich in der Kunst verhält. Das würde ich gerne machen. Was meinen Sie dazu?

Gärtner

Nichts lieber als das. Eine kleine Pause wird mir guttun. Wissen Sie, seit heute

Morgen versuche ich, so manche Pflanze von unnötigem Unkraut zu befreien, damit sie wieder kräftig wachsen und mit ihren Blüten die Besucher des Gartens erfreuen kann. Das ist eine Knochenarbeit, aber am Ende lohnt es sich immer wieder, …

Künstler

… jedenfalls geht es in der Kunst darum, Aufmerksamkeit zu erregen. Das ist das einzige Ziel. Und dieses Ziel zu erreichen, wird immer schwieriger.

Gärtner

So? Warum ist das denn der Fall?

Künstler

Ganz einfach, weil es immer mehr Leute gibt, die gerne Künstler sein wollen. Und das mögen sie auch gerne versuchen, aber da werden sie sich an mir die Zähne ausbeißen. Keiner wird je so bekannt werden, wie ich.

Gärtner

Also es geht um Ihre Aufmerksamkeit?

Künstler

Im Grunde genommen ja. Kunst ist niemals ein Selbstzweck. Sie ist allein ein Mittel, um auf sich aufmerksam zu machen. Und da die Kunst von Künstlern geschaffen wird, ist es natürlich klar, dass die

Künstler um Aufmerksamkeit werben. Dabei gibt es keine Grenze der Reichweite, des Bekanntseins, ja des Ruhmes.

Gärtner

Und all das haben Sie sich mit Ihren Kunstwerken verdient?

Künstler

In gewisser Weise, aber meine Kunstwerke haben nicht den Anspruch, großartig etwas darzustellen oder auszusagen. Darum geht es in der Kunst schon lange nicht mehr. Kunstwerke sind nur ein Mittel, um aufzufallen.

Gärtner

Können Sie mir bitte ein Beispiel geben, wie das möglich ist? Sie sind schließlich der Experte.

Künstler

Man braucht als erstes ein Gespür für die Themen der Zeit. Das ändert sich natürlich immer wieder: Mal ist ein Krieg in aller Munde, mal ein Skandal, mal das Klima und so weiter. Dann ist zu schauen, welche Positionen eingenommen werden. In den allermeisten Fällen gibt es nur die Lager des „Dafür" und des „Dagegen". Schließlich braucht man noch ein bisschen Wissen darüber, wo welche Lager zu finden sind.

Dann geht man hin und sagt das genaue Gegenteil von der herrschenden Lagermeinung, wobei es sich empfiehlt, eine besondere Rhetorik an den Tag zu legen, damit man auch wirklich die Affekte der Leute anspricht. Bei allem darf es gar nicht zu sehr um Inhalte gehen, sondern vielmehr um Meinungen, ja um Emotionen. Die Leute müssen sich aufregen. Und sobald sie sich aufregen, setzen sie sich mit mir auseinander und merken sich meinen Namen.

Gärtner

Wenn ich das richtig verstehe, dann würde es genügen, in einer Zeitung einen Text zu veröffentlichen, der sich beispielsweise abfällig gegenüber Klimaschützern äußert, wobei Sie genau wissen, dass die Zeitung vor allem von Klimaschützern gelesen wird.

Künstler

So ist es. Es ist herrlich zu sehen, wie plötzlich eine Kettenreaktion der Affekte ausgelöst wird. Das Resultat ist jedoch, dass ich damit in Verbindung gebracht werde und so steigt mit jedem Tag mein Bekanntheitsgrad. Aber ich finde, das könnte noch viel mehr sein. Und ich schätze, der Meister kann mir dabei sicherlich weiterhelfen.

Gärtner

Sagen Sie, nennt man Ihr Vorgehen nicht, ach wie hieß das doch gleich, na, es fällt mir gleich ein …

Künstler

Trolling?

Gärtner

Ja, Trolling. Modewörter merke ich mir immer so schlecht.

Künstler

Nein, Trolling ist das natürlich nicht, sondern Kunst. Ich will schließlich nicht, dass sich die Leute an die Gurgel gehen. Das ist nur hin und wieder ein Mittel zum Zweck. Nein, ich will, dass sie mich kennen. Und es gibt noch viele andere Wege, Aufmerksamkeit zu erheischen.

Gärtner

Möchten Sie sie mir sagen?

Künstler

Gerne doch. Im Übrigen, es macht mir gerade sehr viel Freude, mit Ihnen darüber zu reden. Ich hoffe, Sie vergessen das Gespräch nicht so schnell. Das wäre sonst sehr schade.

Gärtner

Gewiss nicht.

Künstler

Jedenfalls gibt es des Weiteren die Möglichkeit, genau das zu machen, was die Leute wollen. Sie wollen ein Liebesgedicht? Dann schreibe ich es. Sie wollen lachen? Dann mache ich etwas Lustiges. Sie möchten etwas Düsteres erleben, schon bin ich zur Stelle. Je mehr sie mir hinterher dafür danken, desto sicherer kann ich mir sein, dass sie mich in Erinnerung behalten werden. Das klappt wirklich sehr gut. Eng damit verwandt ist die Methode, gerade die Konkurrenz zu loben. Kritik bringt einem nie etwas ein, doch das Lob wirkt Wunder. Dabei muss es gar nicht viel sein. Ein kurzes „toll" oder ein schnelles „schön" genügen oftmals schon und die Konkurrenz denkt, man wäre auf ihrer Seite. Sie behalten mich dann als den liebenswürdigen Künstler in Erinnerung. Tja, was will man mehr?

Gärtner

Aber für deren Kunstwerke interessieren Sie nicht, oder?

Künstler

Nein, wozu auch? Schließlich wollen sie mit ihrer Kunst auch nur Aufmerksamkeit gewinnen. Und in gewisser Weise bekommen sie die sogar von mir, wenn ich sie lobe. Daher ist das selbstverständlich alles moralisch vertretbar.

Gärtner

Was bekommen Sie denn für Rückmeldungen außer ein Dankeschön und höchstwahrscheinlich einige böse Kommentare, wenn Sie einmal wieder eine Gegenposition einnehmen?

Künstler

Mich loben die meisten Leute einfach für das, was ich mache. Und es sind wirklich viele Leute, die das machen. Das tut ausgesprochen gut und zeigt, wie bekannt ich bin.

Gärtner

Können Sie mir ein Beispiel für ein Lob nennen?

Künstler

Och, das ist so viel Lob, das ich täglich bekomme. Da fällt mir jetzt kein bestimmtes Beispiel dazu ein.

Gärtner

Verstehe … Da Sie inzwischen bekannt sind wie kein anderer, möchte ich Folgendes erfragen: Warum wollen Sie noch mehr Bekanntheit, also noch mehr Ruhm, noch mehr Reichweite?

Künstler

Davon kann man nicht genug haben. Am besten wäre es natürlich, wenn mich jeder kennen würde. Aber es ist mir schon klar, dass das nur ein Ideal ist, das ich kaum erreichen kann. Doch mein Anspruch ist es, diesem Ideal so nahe wie möglich zu kommen und dabei meine Spitzenposition zu behaupten.

Gärtner

Und was haben Sie davon?

Künstler

Was soll denn diese Frage?

Gärtner

Verzeihen Sie bitte. Ich bin nur ein bescheidener Gärtner. Ich freue mich natürlich sehr, wenn jemand einmal den Garten hier lobt. Aber ob der Garten nun auf der anderen Seite des Erdballs bekannt ist, oder nicht, das ist mir recht egal. Mir fällt es schwer, nachzuvollziehen, wieso jemand nach so viel Bekanntheit strebt.

Künstler

Ach, jetzt verstehe ich Sie. Ja, diese Einstellung bleibt Ihnen auch unbenommen. Nur in der Kunst gibt es einfach kein Maß. In der Kunst will man immer das Maximum erreichen oder sogar noch mehr, wenn ich mir diesen kleinen Scherz erlauben darf. Und Sie glauben gar nicht, was das für ein wohltuendes Gefühl ist, wenn Ihr Name in aller Munde ist und jeder mit Ehrfurcht auf Sie blickt, selbst wenn Sie jemanden vergrault haben. Denn selbst der Vergraulte wird am Ende genau wissen, dass er an Sie nicht heranreichen wird, und damit zeigt er, wenn auch manchmal nur indirekt, dass Sie auf dem Thron sitzen und kein anderer. Das sollten Sie selbst einmal genießen. Wie wäre es? Wollen wir Ihren Garten ein wenig bewerben? Ich hätte da schon ein paar Ideen.

Gärtner

Vielen Dank für Ihr großzügiges Angebot, aber wissen Sie, das möchte ich nicht. Den ganzen Trubel würde ich nicht aushalten und je größer die Bekanntheit wäre, desto mehr Leute würde hier in den Garten kommen. Am Ende könnte ich meine Arbeit nicht mehr richtig erledigen und die Pflanzen und Tiere hier würden darunter leiden. Das möchte ich nicht. Für mich gibt es da einfach ein Maß.

Künstler

Wissen Sie, wann der Meister wiederkommt?

Gärtner

Tut mir leid. Er teilt es mir leider nie mit. Ich weiß immer nur, dass er anwesend ist oder nicht. Haben Sie eigentlich selbst ein Anliegen, wenn Sie Kunst machen? Also ich meine jenseits der Aufmerksamkeit. Wollen Sie etwas aussagen, etwas darstellen, zum Nachdenken anregen …

Künstler

Wenn ich so etwas machen würde, dann wäre das geheuchelt. Ich kenne so viele Künstler, die genau das von sich behaupten: Sie wollen, dass man über ihre Werke nachdenkt und so einen Quatsch. Dabei weiß jeder genau, dass auch sie nur Aufmerksamkeit wollen und gedenken, dieses teure Gut nur mit anderen Mitteln erlangen zu können. Ich bin da ganz ehrlich: Mein Ziel ist klar bestimmt und das will ich auch erreichen. Die Mittel dazu sind vielfältig und mir immer recht, solange sie zum Ziel führen.

Gärtner

Und da haben Sie nie Gewissensbisse? Die Leute, an die Sie treten, sind am Ende nur wie ein Kirschbaum, an dem man sich bedient. Anstatt Kirschen gibt es Aufmerksamkeit für Sie.

Künstler

Das Gleichnis lasse ich gerne gelten. Denn es zeigt bereits meine Antwort: Wer sich am Kirschbaum bedient, stellt sich keine Fragen nach Moral und Gewissen. Er macht es und fertig. Ebenso verhält es sich bei den Leuten, die mir ihre Aufmerksamkeit schenken. Wissen Sie, so läuft es heutzutage einfach. Jeder bedient sich bei jedem. Und wenn Sie einen Ausflug in die Moral unternehmen wollen, dann sage ich Ihnen frei von der Hand: Wenn sich jeder bedienen kann, dann ist das doch ein Höchstmaß an Gerechtigkeit für alle gegeben. Außerdem darf man nicht vergessen, dass ich eine echte Dienstleistung anbiete.

Gärtner

Wie meinen Sie das? Sie treten doch nicht etwa als eine Art Agentur auf, die Kunstwerke an den Mann bringt, oder?

Künstler

Nein, nein, aber vielleicht wäre das ein nächster Schritt. Wenn ich es mir recht überlege, ist das sogar eine verdammt gute Idee. Warten Sie kurz, ich notiere mir das gleich. So, wunderbar. Daraus lässt sich etwas machen. Aber zurück zu Ihrer Frage. Ich biete den Betrachtern meiner Werke nicht nur die Werke selbst, sondern ebenso ausreichend Bild-, Ton- oder Textmaterial. Ein Kunstwerk selbst genügt heute bei Weitem nicht mehr. Veröffentliche ich beispielweise einen Gedichtband, dann ist das ohne Fotomaterial nicht möglich. Ein Foto wiederum ist immer mit einem klugen Zitat eines großen Denkers zu verbinden, manchmal auch mit einem bestimmten Lied oder dergleichen. Es ist ungemein wichtig, die Leute an möglichst vielen Stellen gleichzeitig abzuholen. So schafft man maximale Aufmerksamkeit und das ist wahre Kunst.

Gärtner
In der Tat, das ist wahre Kunst.

Künstler
Sehen Sie, Sie verstehen mich langsam. Und ich kann gar nicht oft genug betonen, wie sehr ich mich freue, dass Sie sich mit mir unterhalten. Das schätze ich wirklich sehr. Und da Sie nun bereits mit meiner Kunst sehr gut vertraut sind, darf ich Ihnen empfehlen, mein neustes Buch zu erstehen? Sie können es bei jedem Buchhändler Ihres Vertrauens beziehen. Darin geht es um nichts Geringeres als um die Welt. Ich habe mir zur Aufgabe gemacht, wirklich

alle Probleme, Sehnsüchte und Nöte anzugehen.

Gärtner

Bevor wir dazukommen, fällt mir noch etwas ein. Wie gehen Sie eigentlich mit Kritik um? Ich meine nicht die provozierte Kritik, wenn Sie absichtlich in ein anderes Lager wechseln und dann für Stimmung sorgen. Ich meine Kritik an Ihren Kunstwerken an sich. Was tun Sie beispielsweise, wenn ein Text jemandem aus bestimmten Gründen nicht gefällt?

Künstler

Solche Leute soll es tatsächlich geben. Und ihnen sei auch die Chance zur Kritik gewährt.

Gärtner

Denn Kritik heißt schließlich Aufmerksamkeit, nicht wahr?

Künstler

Bingo! Nun, auf Kritik zu reagieren, ist an sich sehr einfach. Es gilt dabei, aber einen Grundsatz zu wahren, nämlich den Kritiker im Glauben zu lassen, es würde ernstgenommen werden. Wenn man das nicht macht, dann erzeugt das eine sehr negative Art von Aufmerksamkeit, die meist dazu führt, dass sich Leute von einem abwenden. Und das möchte ich nun wirklich nicht. Ansonsten ist es grundsätzlich möglich, jede Kritik zu relativieren. Das muss ich manchmal nur einmal machen, manchmal mehrmals, aber am Ende geben die Kritiker dann schon auf und zürnen weder mir noch meiner Kunst. Und den üblen Sturen gebe ich gerne einfach Recht. Sie fühlen sich dann sehr erhaben. Aber an meinen Werken selbst werde ich dann nicht ändern. Das interessiert sie schlussendlich nicht mehr, da sie in ihrer Erhabenheit über den Dingen stehen. Sie sehen also, man braucht nicht viel wissen, um Kritikern zu entgegnen. Das Relativieren ist einfach einzuüben. Meine genauen Kniffe verrate ich aber nicht. Das würde schließlich meinem Alleinstellungsmerkmal schaden.

Gärtner

Glauben Sie, ich könnte Ihnen eine Konkurrenz werden? Ich bin doch nur ein Gärtner. Was habe ich mit Kunst am Hut?

Künstler

In dieser Welt sind wir alle irgendwo Konkurrenten. Am Ende kann man niemandem vertrauen. Besser ist es daher, die wirklichen Geheimnisse für sich zu behalten. Wenn Sie aber neugierig sind und ein bisschen mehr über mich erfahren wollen, dann möchte ich Ihnen noch einmal herzlich mein neustes Buch empfehlen. Und wenn Sie mögen, zeigen Sie es gerne auch dem Meister. Es wäre mir eine große Freude, wenn er es lesen und sogar rezensieren würde. Ich denke, sehen werde ich ihn wohl nicht mehr. Aber das ist jetzt nach unserem tollen Gespräch auch nicht mehr so wichtig. Da fällt mir aber ein: Ich habe Ihnen noch gar nicht meinen Namen gesagt. Er lautet …

Gärtner

… entschuldigen Sie bitte, ich muss jetzt dringend wieder meiner Arbeit angehen. Wir haben uns wohl ein bisschen verplappert. Haben Sie vielen Dank für das Gespräch und alles Gute für Ihre Kunst.

Künstler

Aber mein Name, Sie müssen meinen Namen wissen! So warten Sie doch. Sie brauchen meinen Namen. Sonst können Sie gar nicht mein Buch bestellen. Hey warten Sie …

Das zweite Gespräch (mit einem Akademiker)

Gärtner

Ich liebe die Prachtlibellen. Jeden Tag zeigen sie sich hier am Teich mit seinem kleinen, plätschernden Zu- und Ablauf. Mal sitzen sie auf den Halmen des Schilfs, mal klammern sie sich an den Stängeln der Wasserschwertlilien fest, mal fliegen sie in zunächst scheinbar zufälligen, aber dann doch regelmäßigen Bahnen. Sie sind einfach faszinierend. Mein Herz klopft, wenn ich sie sehe, und so manche Gedanken regen sich täglich, wann immer sie mir die Möglichkeit geben, sie zu bestaunen.

Künstler

Habe ich Sie etwa darum gebeten, mich vollzuquatschen? Ich will hier meine Ruhe haben und kann gerne auf Ihr Gerede über die Prachtlibellen verzichten. Mich interessieren diese Viecher nicht und ich brauche über sie keine Vorträge zu hören, und schon gar nicht von einem Gärtner!

Gärtner

Sie sind sich nicht im Klaren, was es heißt, ein Gärtner zu sein, oder? Aber lassen wir es mit dieser Frage auf sich beruhen. Es liegt schließlich auf der Hand, dass Sie angefressen sind. Ist irgendetwas schiefgelaufen? Möchten Sie darüber reden?

Künstler

Ihre Einfältigkeit ist bemerkenswert. Darum werde ich Ihnen einmal auf die Sprünge helfen, denn scheinbar erkennen Sie nicht, wer oder was ich bin. Ich bin Künstler. Und ich habe einen weiten Weg zurückgelegt, um den Meister zu sprechen. Kaum kam ich aber hier an, so bedauerte man es, dass der Meister nicht anwesend ist und daher ein Treffen nicht möglich wäre. Auf weitere Fragen, wieso er nicht anwesend sei, wo er sich aufhielte und wann er wiederkäme, gab man mir, dem Künstler, keine Antwort. So viel Respektlosigkeit habe ich noch nie erfahren!

Gärtner

Und weil man Ihnen als Künstler nicht den nötigen Respekt erwies, sind Sie jetzt wütend? Bleiben Sie nur noch ein bisschen an diesem Teich sitzen. Dann wird sich Ihr Gemüt wieder beruhigen und Sie können wieder gute Laune haben. Denn wissen Sie? Gute Laune zu bekommen, ist leichter, als man oftmals denkt.

Künstler

Wollen Sie sich etwa über mich lustig machen?

Gärtner

Nichts liegt mir ferner.

Künstler

Dann kommen Sie mir bloß nicht auf die Tour! Ich brauche Ihre Hausfrauenpsychologie nicht. Natürlich bin ich nicht einfach wütend, weil man mich respektlos behandelte.

Gärtner

Nun sagen Sie es schon. Was ist der wahre Grund?

Künstler

Sie sind ganz schön aufdringlich. Einfältig und aufdringlich. So etwas mag ich. Sie haben nichts Gesittetes eines Künstlers an sich. Schneiden Sie sich besser eine Scheibe von mir ab, dann gehen Sie anderen Leuten nicht so sehr auf die Nerven wie mir gerade. Aber da Sie bestimmt keine Ruhe geben werden, wenn ich Sie so ansehe, will ich es Ihnen sagen. Ich bin Mitglied in der bedeutendsten Künstlerakademie auf dieser Erde. Mein gesamtes Leben habe ich der Kunst verschrieben. Aber jede Woche kommt es in der Akademie zu

Diskussionen, was denn Kunst sei. Das immergleiche Hin und Her mündet dann darin, dass andere Mitglieder mich verspotten, meine Werke nicht als Kunst anerkennen und mich als alles andere als einen Künstler bezeichnen. Das macht mich rasend. Und um das ewige Diskutieren zu beenden, entschloss ich mich, den Meister aufzusuchen. Er, so sagten es mir unzählige Leute, sei besonders weise und könne mir sagen, was es mit der Kunst auf sich hat. So kratzte ich mein Geld zusammen, reiste über sieben Tage von der großen Akademie der Künste hierher, nahm dabei allerlei Strapazen auf mich, nur um zu erfahren, dass der Meister nicht anwesend ist. Diese Arroganz seiner Bediensteten machte meine Laune dann nicht besser, zumal ich bestimmt nicht vorhatte, hier ewig zu bleiben. Stattdessen wollte ich ihm eine klare, präzise Frage stellen, die Antwort erhalten und in der Akademie endlich für Ruhe und Ordnung sorgen.

Gärtner

Ich verstehe. Und was wollten Sie ihn fragen?

Künstler

Ich wollte von ihm wissen: Was ist das Wesen der Kunst? Jetzt sitze ich hier ohne Antwort und muss ausgerechnet mit einem Gärtner reden, als hätte ich sonst nichts Besseres zu tun.

Gärtner

Ihre Frage ist merkwürdig. Wieso sollte es denn ein Wesen der Kunst geben?

Künstler

Es ist natürlich klar, dass Sie die Frage als Gärtner nicht begreifen können. Sie scheinen lieber Ihr Interesse auf Insekten, die keiner braucht, und auf Klatschblätter mit gut gemeinten Ratschlägen für den Alltag gelegt zu haben, wenn man Ihre Äußerungen so betrachtet. Aber lassen Sie es mich so sagen, dass selbst Sie es kapieren: Viel wird über Kunst geredet und jeder scheint seine eigene Sicht zu haben, was er über Kunst denkt. Aber es muss einfach einen Begriff von Kunst geben, der für alle feststeht.

Gärtner

Und warum muss es einen solchen Begriff geben?

Künstler

Wenn es ihn nicht gibt, dann geht das Gerede über Kunst immer weiter und … Das tut hier nichts zu Sache. Diesen Begriff muss es geben und der Meister soll ihn mir erklären. Dann könnte ich daran meine Kunst ausrichten.

Gärtner

Das Wesen der Kunst also. Ein merkwürdiger Ausdruck.

Künstler

Jetzt tun Sie mal nicht so, als wüssten Sie als Gartenarbeiter, was es mit Kunst auf sich hat.

Gärtner

Sie haben Recht. Von Kunst verstehe ich tatsächlich nichts. Ich überlege gerade, wie es sich mit dem Wörtchen „Arbeit" verhält. Und davon Ahnung zu haben, werden Sie mir sicherlich zugestehen, oder?

Künstler

Wenn Sie die Beobachtung von Libellenviechern als Arbeit verstehen, dann ja.

Gärtner

Ich meine Folgendes: Manch einmal habe ich richtig viel zu tun. Da grabe ich um, rupfe Unkraut, Dünge die Pflanzen, beschneide Äste, kehre das Laub zusammen und so weiter. An diesen Tagen spreche ich davon, dass ich viel Arbeit zu erledigen habe. An anderen Tagen wiederum entferne ich vielleicht einmal ein welkes Blatt oder sähe etwas aus. Das ist nicht viel. Aber auch dann spreche ich von Arbeit. Manchmal kommen Gäste vorbei und sehen, wie ich einer Tätigkeit nachgehe. Sie erkennen dann für sich, dass ich arbeite. Aber auch wenn Sie mich auf meiner Lieblingsbank hier am Teich finden und darüber schmunzeln, dass sich alle Viere gerade von mir strecke, dann sagen sie zwar nicht, ich würde arbeiten, vielmehr etwas wie „Hat der Gärtner hier überhaupt keine Arbeit?" Und es gibt noch so viele andere Situationen bis zu Ihrer letzten Bemerkung, wo auf ganz unterschiedliche Art und Weise etwas von „Arbeit" geredet wird.

Künstler

Und worauf wollen Sie jetzt hinaus? Mich interessiert das Wörtchen „Arbeit" doch gar nicht. Haben Sie mir denn etwa nicht zugehört?

Gärtner

Wir können gerne ein anderes Wörtchen betrachten und werden bestimmt, sofern mich meine Gärtnerhirnzellen nicht täuschen, eine ähnliche Beobachtung machen. Scheinbar ist es so, dass es für kein Wörtchen eine festgelegte Verwendung gibt. Und davon ist, denke ich zumindest, das Wörtchen „Kunst" nicht ausgenommen.

Künstler

Kunst ist kein Wörtchen, sondern ein heiliger Begriff!

Gärtner

Entschuldigen Sie bitte. Ich wusste nicht, dass Sie ein religiöser Künstler sind.

Künstler

Was? Das habe ich so nicht gemeint, sondern ganz anders.

Gärtner

Ach, ganz anders? Als könnte man das Wörtchen „heilig" auf verschiedene Art und Weise verwenden? Jedenfalls denke ich, dass es dieses „muss", von dem Sie vorher sprachen, gar nicht gibt, und in Bezug auf Ihre Frage, die Sie so gerne an den Meister richten wollten, andere Fragen viel mehr Vorrang hätten. Aber das ist Ihnen sicherlich klar und ich rede nur wieder viel zu viel, wie ich es so gerne hier am Teich mache.

Künstler

In der Tat, Sie reden viel. Viel zu viel! Und was sollte denn wichtiger sein als die Frage nach dem Wesen der Kunst? Immerhin ist das die Frage schlechthin. Die Antwort darauf entscheidet ein für alle Male darüber, wie alle weiteren Fragen zu beantworten sind.

Gärtner

Nun, vielleicht haben Sie Recht. Daher möchte ich Ihnen noch einmal Ihre Situation vor Augen führen: Der Meister wird Sie wohl nicht empfangen. Und jetzt sitzen Sie hier und haben die Wahl: Entweder Sie gehen ohne irgendetwas außer Wut wieder nach Hause, oder Sie leisten mir noch ein wenig Gesellschaft. Gerne würde ich nämlich mehr über Kunst erfahren und Sie als Künstler scheinen mir viel zu wissen. Und ist das nicht irgendwo ein Ausdruck von Größe, wenn man sich selbst zum Kleinsten begibt und es Anteil an der eigenen Größe haben lässt? Tut mir leid, den Satz habe ich einmal aufgeschnappt. Das hat hier irgendeiner einmal im Garten gesagt, als er mit dem Meister redete. Nichtsdestotrotz, was sagen Sie? Vielleicht haben Sie auch Glück: In der Zeit, wo Sie ein wenig mit mir plauschen, könnte es doch auch sein, dass der Meister zurückkehrt. Gerne lege ich dann ein gutes Wort für Sie ein, damit Sie so schnell wie möglich mit ihm sprechen können.

Künstler

Na endlich sagen Sie einmal etwas Vernünftiges. In Ordnung, ein kleiner Plausch kann nicht schaden und ich kann Ihnen versprechen, dass ich alles über Kunst weiß und Ihnen alles verraten kann.

Gärtner

Darüber freue ich mich sehr. Bitte, lassen Sie uns hier auf meiner Bank Platz nehmen. Die Sonne sollte uns noch genügend Wärme und Licht schenken, sodass wir ungehindert über die Kunst sprechen können. Wie ich bereits sagte, ich denke, es gibt da wichtigere Fragen als die nach dem Wesen der Kunst. Zum Beispiel: Was soll Ihre Kunst bezwecken? Wieso werden Sie künstlerisch tätig? Was treibt Sie an?

Künstler

Natürlich der Sinn für die Realität, wie jeder brauchbare Künstler sagen würde. Ich will in meinen Werken die Dinge zeigen, wie sie sind.

Gärtner

Wollen Sie gerade damit sagen, dass Ihre Kollegen, mit denen Sie in der Akademie beharrlich in Streitgespräche verwickelt sind, keine brauchbaren Künstler sind?

Künstler

Das sind nicht einmal irgendwelche Künstler. Die erschaffen bloßen Firlefanz und nennen ihn dann einfach Kunst. Niemals ist daran zu erkennen, wie die Realität beschaffen ist. Die machen nur, was ihnen gerade einfällt, und so sieht alles dann auch aus. Das macht mich rasend.

Gärtner

Da habe ich ein großes Glück, dass ich als einfacher Gärtner nicht mit Ihren Kollegen sprechen muss, sondern mich mit Ihnen, einem wahren Künstler, unterhalten darf. Das gefällt mir sehr und ich denke, dass ich tatsächlich noch einiges von Ihnen heute lernen kann. Helfen Sie mir aber bitte auf die Sprünge: Was meinen Sie denn mit Realität?

Künstler

Das ist ganz einfach, sodass auch Sie das verstehen werden. Die Welt ist auf eine bestimmte Art und Weise beschaffen. Und ihre Beschaffenheit stelle ich in meinen Werken genau dar.

Gärtner

Oh schauen Sie nur! Dort an der Wasserschwertlilie, dort sitzt gerade eine Prachtlibelle. Es wird langsam Abend und da fliegen sie weniger als in den Stunden zuvor, wo sie patrouillieren oder nach anderen Fluginsekten jagen. Aber ich schweife ab. Sie meinen also, gesetzt den Fall, Sie würden ein so wunderbares Wesen wie die Prachtlibelle als Grundlage für eines Ihrer Werke nehmen, dass Sie das Insekt dann darstellen würden und könnten, wie es tatsächlich ist?

Künstler

Genau, so können Sie es verstehen. Nur möchte ich hinzufügen, dass ich mir aus solchen Viechern nichts mache. Als Künstler will ich Bedeutendes darstellen und nicht irgendwelches Flatterzeug, das keiner braucht.

Gärtner

Entschuldigen Sie bitte, ich wollte Sie natürlich nicht beleidigen. Aber die Prachtlibelle setzte sich gerade so ansehnlich auf das dunkelgrüne Blatt, dass ich sie einfach als Beispiel nutzen wollte. Wie sieht denn die Prachtlibelle für Sie aus?

Künstler

Was soll denn die Frage? Die sitzt da vorn. Sie können sie doch sehen. Wieso soll ich sie Ihnen beschreiben?

Gärtner

Probieren Sie es bitte einfach einmal. Stellen Sie sich vielleicht vor, ich hätte noch nie eine Prachtlibelle gesehen und Sie hätten die Aufgabe, mir zu beschreiben, wie sie aussieht. Dann könnte ich von Ihnen als Künstler gleich ein für alle Male lernen, wie eine Prachtlibelle an sich gestaltet ist. Denn Sie können genau aufzeigen, wie sie beschaffen ist.

Künstler

Sie ist ungefähr, ich würde schätzen, drei Zentimeter lang. Ihr Körper ist metallisch blau und hat blauschimmernde Flügel. Und …

Gärtner

… das reicht mir schon. Das reicht mir schon. Nun stehen Sie bitte einmal auf und nähern sich der Prachtlibelle von links. Achten Sie bitte darauf, sie weder zu verschrecken, noch einen Schatten auf sie zu werfen. Ja, das machen Sie gut so. Beschreiben Sie bitte noch einmal die Libelle.

Künstler

Gut, jetzt wo ich näher an ihr dran bin, erkenne ich, dass sie deutlich größer als drei Zentimeter ist.

Gärtner

Und die Farbe? Beschreiben Sie die Farbe. Ist es immer noch ein metallisches Blau?

Künstler

Ja, zum Teil, aber ich sehe auch einige Grüntöne, die sich mit dem Blau vermischen.

Gärtner

Das ist prächtig. Sie werden ja noch ein richtiger Libellenexperte. Aber setzen Sie sich inzwischen gerne wieder. Sie haben mir nun zwei Beschreibungen ein oder derselben Prachtlibelle gegeben. Wie verhält es sich denn nun mit der Realität? Tatsächlich ist es doch so: Sie nahmen zwei unterschiedliche Perspektiven ein und kamen zu unterschiedlichen Beschreibungen. Zeigt die eine Beschreibung der Libelle nun mehr die reale Libelle als die andere Beschreibung? Ist es entscheidbar, welche Beschreibung die Realität wiedergibt?

Künstler

Das ist doch Quatsch. Natürlich gibt es nur eine Realität. Wenn ich näher an der Libelle dran bin, kann ich sie auch besser beschreiben. Die richtige Perspektive einzunehmen, ist schließlich auch die Aufgabe eines Künstlers.

Gärtner

Da drängt sich mir sofort eine Anschlussfrage auf, aber die stelle ich wohl besser später. Denn mir ist noch etwas anderes eingefallen: Sie mögen keine Prachtlibellen. Und aufgrund des ausgefallenen Treffens mit dem Meister haben Sie eine gute Portion Wut in sich. Nehmen wir einmal an, wir beide hätten dieselben handwerklichen Voraussetzungen in der Kunst und man würde uns die Aufgabe stellen, diese Prachtlibelle dort in ein Kunstwerk einzufangen. Würden wir die Prachtlibelle gleich darstellen? Sie, der heute versetze und Insekten abgeneigte Künstler; ich der Gärtner, der Insekten über alles mag?

Künstler

Es ist bereits eine starke Annahme, Sie könnten künstlerisch zumindest auf der Ebene des Handwerks so begabt sein, wie ich es bin. Aber wir können das annehmen.

Dennoch würden wir zwei unterschiedliche Werke erschaffen.

Gärtner

Ach und warum?

Künstler

Weil Sie dieselbe, das heißt die richtige Perspektive auf die Libelle einnehmen müssten wie ich. Und wie könnte ein Gärtner Ahnung davon haben, wie man die richtige Perspektive einnimmt.

Gärtner

Dann sagen Sie es mir! Wer oder was sagt denn, dass die richtige Perspektive eingenommen worden ist?

Künstler

Die richtige Perspektive ist dann eingenommen, wenn Sie die Realität in Ihrem Werk abbilden können.

Gärtner

Aber ich denke, die Wiedergabe der Realität ergibt sich aus der Einnahme der richtigen Perspektive. Jetzt sagen Sie es genau umgekehrt, nämlich, dass die Wiedergabe der Realität in meinem Werk erst garantieren würde, die richtige Perspektive eingenommen zu haben. Da bleibt immer noch die Frage offen, wer oder was sagt, was die richtige Perspektive ist. Und diese

Frage drängt sich doch umso mehr auf, wenn wir unsere unterschiedlichen Gemütslagen miteinbeziehen. Als Liebhaber werde ich die Prachtlibelle ganz anders wiedergeben als Sie. Wieso sollte Ihre Perspektive dann richtiger als meine sein?

Künstler

Das ist wiederum ganz einfach: Sie sind Gärtner, ich bin der Künstler.

Gärtner

Das habe ich verstanden, aber in unserem Beispiel gehen wir doch davon aus, dass wir zumindest auf handwerklicher Ebene ebenbürtig sind. Das schließt ein, dass ich die Prachtlibelle, wie Sie, aus einer geeigneten Perspektive betrachten kann

Künstler

Ich denke einfach, wir kommen hier nicht weiter, weil Ihre Annahmen viel zu stark sind. Denn es ist ganz und gar unmöglich, dass Sie auf gleicher handwerklicher Ebene wie ich sein könnten. Es ist daher gar nicht möglich, mit Ihnen über diesen Punkt weiterzusprechen, da Sie nicht wissen, was es heißt, Künstler zu sein.

Gärtner

Da ist etwas dran. Dann möchte ich aber noch einen anderen Punkt verstehen. Sie wollen die Realität darstellen. Und bleiben wir einmal mehr bei der Prachtlibelle, dann wollen Sie auch die Prachtlibelle so darstellen, wie sie ist. Und als wahrer Künstler verfügen Sie natürlich über alles, was dazu nötig ist.

Künstler

Davon können Sie ausgehen. Schließlich bin ich kein Stümper. Was ich beginne, das wird auch zur Kunst.

Gärtner

Nun gut, aber wäre es denn nicht einfacher zu sagen „Hier, das ist eine Prachtlibelle. Seht sie euch an!", anstatt den mühevollen Umweg über ein Kunstwerk zu gehen? Ich meine, am Ende reproduzieren Sie nur. Sie erstellen eine Kopie. Bestimmt keine handwerklich schlechte. Das will ich nicht sagen. Aber wieso eine Kopie herstellen, wenn das Original einfach gezeigt werden kann?

Künstler

Was nehmen Sie sich denn jetzt bitte heraus? Ich stelle doch keine bloßen Kopien her. Ich erschaffe Kunst, die Realität darstellt. Das, was das Kunstwerk zeigt, habe ich zuvor gesehen, es genau analysiert und dann getreu wiedergegeben.

Gärtner

Nehmen wir einmal an, Sie würden die Prachtlibelle malen müssen. Wo würden Sie die Prachtlibelle auf der Leinwand platzieren und welche Elemente würden Sie noch in das Bild mitaufnehmen?

Künstler

Ich würde natürlich nur die Libelle malen, und zwar so, wie sie ist. Und da es nur um die Libelle geht, wird sie auch in die Mitte des Bildes gesetzt.

Gärtner

Also ganz ohne Wasserschwertlilie, ohne Hintergrund, ohne Kontext und so weiter?

Künstler

Wenn es um die Libelle an sich gehen soll, dann ja.

Gärtner

Und nun versetzen Sie sich einmal in meine Lage. Wie würde ich als Prachtlibellenliebhaber das Bild malen?

Künstler

Sie würden bestimmt Wert auf den ganzen anderen überflüssigen Kram legen, nicht wahr?

Gärtner

Bestimmt sogar! Die Frage ist nur, wieso würde ich das tun?

Künstler

Das haben Sie bereits gesagt. Hören Sie sich selbst nicht mehr zu? Weil Sie ein Prachtlibellenliebhaber sind.

Gärtner

Das heißt ja, dass unsere inneren Einstellungen darüber entscheiden, was wir am Ende malen würden, oder?

Künstler

Das kann man durchaus so sagen und der Unterschied zwischen uns läge dann darin, dass Sie nicht in der Lage wären, die Libelle so darzustellen, wie sie ist.

Gärtner

Aber warum wäre ich dazu nicht in der Lage? Die Prachtlibelle kann doch bei unseren Bildern gleich aussehen, wenn Sie mir einmal zugestehen, ich könnte auch die richtige Perspektive auf die Prachtlibelle einnehmen. Wir beide hätten dann eine Prachtlibelle gemalt, so wie sie ist, um Ihren Wortlaut zu gebrauchen. Aber ich hätte noch mehr als die Libelle dargestellt, nämlich das, was ich fühlte, als ich sie sah: die wunderschöne Prachtlibelle an einem ruhigen Teich auf einer frisch erblühten Wasserschwertlilie, was mir alles zusammen ein Gefühl von Erhabenheit und

Entzückung mitgibt. Sie würden hingegen die Prachtlibelle einfach zeigen, denn Gefühl hat in der Realität nichts zu suchen, oder?

Künstler

Da haben Sie ganz Recht. Die Welt, wie sie ist, ist unabhängig von unseren Gefühlen. Daher hätte Ihr Bild nie die Realität getroffen und wäre überfrachtet worden mit diesem Bast, den Sie als Gefühle bezeichnen. Und weil Sie nicht imstande wären, die Realität zu zeigen, hätten Sie auch kein Kunstwerk geschaffen.

Gärtner

Aber meine Prachtlibelle würde doch der Ihren gleich sein, wenn wir den bestimmt viel zu starken Annahmen folgen.

Künstler

Mag sein, aber der Bast drumherum sorgt dann dafür, dass Sie etwas schaffen, was nicht der Realität entspricht.

Gärtner

Gut, jetzt merke ich tatsächlich, dass ich nur ein Gärtner bin und an meine Grenzen stoße. Ich hatte keine Ahnung, dass man sich als wahrer Künstler so viele Gedanken machen muss. Und dann ausgerechnet so tiefgehende. Mich treibt aber noch eine

Sache um: Sagen Sie, denken Sie, es gibt Gefühle?

Künstler

Natürlich gibt es sie.

Gärtner

Sind sie dann nicht Teil dieser Welt?

Künstler

Das ja, aber nicht Teil der Realität. Wie eine Libelle aussieht, hängt nicht davon ab, wie ich mich fühle.

Gärtner

Und wenn Sie etwas in dieser Welt betrachten, ja analysieren, ehe Sie es in einem Kunstwerk wiedergeben, fühlen Sie dabei nichts?

Künstler

Was auch immer ich dabei fühlen mag, es hat keinen Einfluss darauf, wie ich die Welt sehe. Meine Sicht ist, wenn ich als Künstler tätig werde, durch und durch objektiv.

Gärtner

Wenn man durch und durch objektiv ist, ist Kunst dann nicht eine Wissenschaft? Ich meine, bisher habe ich nur von Physikern oder Mathematikern gehört, dass sie durch und durch objektiv sein wollen. Und ob sie es je sein können, bezweifeln sie sogar – zumindest die Gescheiten.

Künstler

Objektivität gilt vor allem für die Kunst. Sobald subjektive Elemente hineingelangen, wird alles nur Pfusch, den keiner braucht. Und falls Sie nachfragen sollten: Ja, ich denke, Kunst ist eine Wissenschaft und sollte auch genauso betrieben werden. Wie ein Physiker seine Messgeräte exakt einstellt und gebraucht, so exakt ist ein Kunstwerk zu schaffen.

Gärtner

Das heißt, wenn ich Sie richtig verstehe, betonen Sie sowohl Handwerk und als auch den Verstand für brauchbare Kunst, nicht wahr?

Künstler

Ich staune. Sie können ja mitdenken. Und sie haben ganz Recht: Sowohl Verstand als auch das Handwerk sind diejenigen Aspekte, die für die nötige Exaktheit sorgen und es ermöglichen, die Welt so darzustellen, wie sie tatsächlich ist. Denn beide Aspekte haben mit Gefühl nichts zu tun. Mehr noch, sie sorgen dafür, werden sie richtig angewendet, dass das Gefühl außen vor bleibt und somit das Kunstwerk keiner subjektiven Verstümmelung unterworfen ist.

Gärtner

Wie stellen Sie einen Menschen künstlerisch dar?

Künstler

Erst einmal ganz so, wie er ist. Dazu gehört seine gesamte Individualität. Menschen darzustellen, ist besonders schwierig, weil hier genau beobachtet werden muss. Da trennt sich die Spreu vom Weizen, wie es so schön heißt, oder sollte ich besser sagen der Laie vom Könnenden?

Gärtner

Menschen haben doch Gefühle, nicht wahr?

Künstler

Dumme Frage. Natürlich haben sie Gefühle.

Gärtner

Und der Mensch kann sie durch Mimik und Gestik ausdrücken, nicht wahr?

Künstler

Ja doch, was sollen denn diese Fragen?

Gärtner

Können Sie Gefühle objektiv erkennen?

Künstler

Ich verstehe überhaupt nicht, was Sie mit solchen Fragen bezwecken. Was hat denn das mit dem Wesen der Kunst zu tun? Ich bin Künstler und kein Psychologe.

Gärtner

Das ist mir klar und selbst wenn Sie Psychologe wären, würde ich Ihnen meine Frage stellen. Denn mir ist nicht ganz klar, wie Gefühle objektiv darzustellen sind. Ich meine, wenn jemand Tränen in den Augen hat und ich diese irgendwie künstlerisch darstellen würde, dann lege ich in die Darstellung doch meine Deutung, also etwas höchst Subjektives hinein.

Künstler

Eine Deutung muss nicht automatisch subjektiv sein. Wenn man verstanden hat, wie der Mensch tatsächlich ist, dann kann man auch ganz objektiv seine Gefühle in einem Kunstwerk darstellen. Es ist schließlich häufig bei meinen Kunstwerken zu sehen, wie meine Figuren Gefühle ausdrücken.

Gärtner

Da müssen Sie als Künstler ein wirklicher Menschenkenner sein.

Künstler

Das gehört zum Künstlerdasein dazu. Und ich darf von mir behaupten, dass ich dank rascher Auffassungsgabe schnell erkenne, wie ein Mensch tatsächlich ist.

Gärtner

Das ist erstaunlich. ich wüsste gar nicht, wie ich das jemals bewerkstelligen sollte. Denn selbst meine lieben Prachtlibellen überraschen mich immer wieder, auch wenn sie hin und wieder ein bestimmtes gleichmäßiges Verhalten an den Tag legen.

Künstler

Sehen Sie; wenn Sie nicht einmal in der Lage sind, ihre Libellenviecher richtig zu studieren, dann wird es bei Ihnen auch nie etwas mit der Kunst werden. Ich denke, da haben Sie den Gärtnerberuf ganz richtig gewählt. Der Beruf entspricht Ihrem schlichten Wesen eher. Künstler kann einfach nicht jeder werden. Das Privileg steht nur wenigen zu.

Gärtner

Ich finde Sie erstaunlich. Das Gespräch war wirklich sehr aufschlussreich. Ich denke aber, dass es nun genügt. Sie haben mir einen wichtigen Einblick in Ihre Arbeit gegeben. Und mehr möchte ich jetzt nicht erfahren. Man soll schließlich immer mit einer Sache aufhören, wenn Sie am schönsten ist.

Künstler

Gerade jetzt, wo ich einmal warmgelaufen bin, wollen Sie das Gespräch mit einem weiteren Auszug aus Ihrer Hausfrauenpsychologie abwürgen? Zum Dank für meine Großzügigkeit, mit Ihnen zu sprechen, könnten Sie wenigstens noch ein Weilchen meinen Ausführungen lauschen.

Gärtner

Seien Sie besser froh, dass heute überhaupt jemand mit Ihnen gesprochen hat.

Künstler

Was soll denn das heißen? Werden Sie jetzt frech? Was fällt Ihnen denn ein? So spricht man nicht mit einem Künstler!

Gärtner

Mit einem Künstler würde ich so auch nicht sprechen.

Künstler

Ticken Sie noch ganz recht? Als ob Sie als fauler und gedankenträger Gärtner das Recht hätten, mich so dreist anzugehen. Halten Sie lieber Ihren Rand, sonst …

Gärtner

… was? Wollen Sie mir etwa drohen? Nach allem, was ich von Ihnen gehört habe, ist es ein Glück vieler Umstände dieses Tages gewesen, dass unser Meister sich Ihnen nicht offenbart hat.

Künstler

Frechheit! Bodenlose Frechheit! Aber ich sagen Ihnen etwas: Ich scheiße auf Ihren Meister! Als ob der mir noch etwas beibringen könnte. Am Ende entpuppt der sich auch bloß als Stümper – wie sein Gärtner. Das war doch alle eine riesige Zeitverschwendung hier. Und denken Sie nicht, Ihr dreistes Auftreten bliebe folgenlos. Das wird alles ein Nachspiel für Sie haben!

Gärtner

Haben Sie eine schöne Heimreise und alles Gute für Sie.

Künstler

Fahren Sie doch zur Hölle!

Das dritte Gespräch (mit einem Wanderer)

Gärtner

So früh habe ich noch niemanden hier gesehen. Einen guten Morgen wünsche ich.

Wanderer

Guten Morgen! Von Zeit zu Zeit mag ich es, früh aufzustehen, und schauen Sie nur, ich wurde bereits belohnt.

Gärtner

Was meinen Sie?

Wanderer

Dort, sehen Sie nur, dort auf dem Lilienblatt sitzt eine Prachtlibelle, bestimmt noch ganz starr vor morgendlicher Kühle und in Erwartung auf wärmende Sonnenstrahlen. Und bedenkt man, wie viele Fressfeinde sie hat, umso schauerlicher wirkt in gewisser Weise ihre Ruhe, die sie ausdrückt. Aber was erzähle ich Ihnen … Sie als Gärtner sehen diese Schönheiten der Natur bestimmt täglich, nicht wahr?

Gärtner

Da haben Sie Recht und es ist immer ein Zeichen für meine gute Arbeit, wenn sich einerseits die Insekten wohlfühlen, andererseits der ein oder andere Besucher die kleinen Sechsbeiner zu schätzen weiß. Darf ich dennoch neugierig fragen, was Sie hier bereits so früh machen?

Wanderer

Oje, ich hoffe, Sie fragen das nicht, weil ich das Gelände hier noch nicht betreten darf. Wenn dem so ist, mache ich mich sofort auf den Weg und komme später gerne wieder.

Gärtner

Nein, der Garten kann jederzeit besucht werden. Sie brauchen sich nicht zu sorgen. Ich bin schlichtweg neugierig und stellte Ihnen daher meine Frage.

Wanderer

Da bin ich sehr beruhigt! Nun, ich bin auf einer weiten Reise.

Gärtner

Sie kommen nicht zufällig von der großen Akademie der Künste und wollen unseren Meister sprechen?

Wanderer

Was? Nein, und um ehrlich zu sein, ich habe keinen Schimmer, wovon Sie gerade sprechen. Ich bin auf Wanderschaft und man sagte mir im Dorf unweit von hier, dass man unbedingt diesen Garten hier sehen müsse. Viele Pflanzen gäbe es zu bestaunen und eine reiche Tier- und Insektenwelt zeige sich. Das wollte ich mir na-nicht entgehen lassen. Aber bevor ich mich verrede und sofern Sie Ihre Arbeit nicht gleich beginnen müssen, setzen Sie sich doch gerne zu mir auf die Bank und erzählen Sie mir, was es mit der Akademie und dem Meister auf sich hat. Neugierig bin ich nämlich auch.

Gärtner

Sie haben Glück, heute gibt es nicht viel zu erledigen und ich leiste Ihnen gerne ein wenig Gesellschaft. Nun, Sie müssen wissen, dass im Zentrum des Gartens eine Art Tempel steht. Dort lebt unserer Meister. Er ist Meister der Kunst und weiß wie kein anderer über Ihr Wesen Bescheid. Das hat sich inzwischen aber zu sehr herumgesprochen. So kamen die letzten Tage Leute aus der weit entfernten Großstadt zu uns, stellten sich als Mitglieder der großen Akademie der Künste vor und wollten dringend den Meister sprechen.

Wanderer

Lernt man an der Akademie nicht, was Kunst ist? Ihr Name würde es zumindest suggerieren.

Gärtner

Das sollte man annehmen, aber den weit Gereisten ging es um etwas ganz anderes als Kunst, wenn ich das in meiner Bescheidenheit als Gärtner einmal so sagen darf. Konkretes tut hier aber nicht zur Sache.

Wanderer

Und haben sie von einem Gespräch mit dem Meister profitieren können?

Gärtner

Der Meister war leider immer verhindert.

Wanderer

Ah!

Gärtner

Daher unterhielten sich die Gäste ein wenig mit mir, aber das schien sie nicht befriedigt zu haben. Und ein bisschen übermütig nahm ich nun an, dass Sie auch zu den Akademie-Mitgliedern gehören.

Wanderer

Nein, nein, das kann ich versichern. Weder möchte ich irgendeinen Meister kennenlernen, noch etwas über das Wesen der Kunst erfahren. So ein Wesen gibt es ohnehin nicht.

Gärtner

Es gibt kein Wesen der Kunst?

Wanderer

Wieso sollte es das geben? Jeder Künstler hat seine eigene Auffassung. Bestimmt gibt es hier und da ein paar Überschneidungen. Aber ich glaube, ein paar Überschneidungen genügen noch nicht, um von einem Wesen zu sprechen. Es ist ähnlich wie mit Libellen. Es gibt unzählige Arten. Prachtlibellen sehen fast wie Schmetterlinge aus, ein Blattbauch hat höchstens noch Ähnlichkeiten mit der Prachtlibelle, wenn man sich Augen und Flügel anschaut. Eine Kleinlibelle verschwindet hinter der Größe eines Blattbauchs. Und dann gibt es noch die vielen farblichen Unterschiede und so weiter. Und selbst jede einzelne Kleinlibelle, oder welches konkrete Exemplar Sie gerne hätten, unterscheidet sich doch von Vertretern der Artgenossen.

Gärtner

Da stimme ich Ihnen zu. Aber wie kommt es, dass wir dann von Kunst oder von der Libelle im Sinne eines allgemeinen Begriffs sprechen?

Wanderer

So funktioniert einfach unsere Sprache. Wir gebrauchen allgemeine Begriffe, um

Allgemeines auszudrücken. Aber das Allgemeine vermisst immer das Konkrete. Ich will sagen: Einige Auffassungen von Kunst haben Ähnlichkeiten und um diese Ähnlichkeiten begrifflich zusammenzufassen, sprechen wir das ein oder andere Mal von Kunst. Daraus folgt aber nichts weiter. Weder gibt es ein Wesen der Kunst noch die richtige oder falsche Kunst.

Gäste

Was hätte ich unseren Gästen, die auf der Suche nach dem Wesen der Kunst waren, denn dann sagen sollen? Etwa, dass jeder seine Auffassung hat?

Wanderer

Ich denke, es gibt Künstler, die ihre Auffassung von Kunst auch miteinander teilen. Das heißt, nicht jeder braucht eine immer eindeutig von anderen unterscheidbare Kunstauffassung zu haben. Dass aber irgendjemand ein Wissen, wenn Sie so wollen, vom Wesen der Kunst haben kann, hätte ich Ihren Gästen ausgetrieben.

Gärtner

Glauben Sie, jemand kann seine Auffassung über Kunst ändern?

Wanderer

Natürlich. Was man als Künstler unter Kunst versteht, ergibt sich doch daraus, was man erreichen will, wenn man künstlerisch tätig wird. Und Überzeugungen sowie der Wille ändern sich in der Regel. Es kann gut sein, dass einer Ihrer Gäste in einem Jahr wiederkommt und bereits ein ganz anderes Kunstverständnis an den Tag legt. Übrigens, sehen Sie die Prachtlibelle da? Sie hat gerade ein wenig mit ihrem rechten Flügel gezuckt. Sie wird langsam wach.

Gärtner

Sie scheinen sich aber mit dem Thema Kunst bereits viel auseinandergesetzt zu haben. Zumindest lässt Ihre Art, darüber zu sprechen, darauf schließen. Sind Sie etwa Künstler?

Wanderer

Nein, das wäre doch zu viel des Guten. Ich sehe mich lieber als Wanderer, der immer Neues erblickt und immer Neues denkt. Auch wenn ich nicht weit in der Welt herumgekommen bin, habe ich zumindest einige Leute getroffen, die von sich behaupten, Künstler zu sein. Da waren bestimmt ebenso Mitglieder der großen

Akademie der Künste dabei. Ich weiß es nicht sicher, aber es sollte mich nicht wundern. Jedenfalls erzählte man mir Unterschiedliches, manchmal sich Überschneidendes. Ich würde sagen, meine gemachten Aussagen sind erst einmal nichts als eine Zusammenfassung von den vielen Ansichten, die ich auf meiner Wanderschaft mitbekam.

Gärtner

Nun kann ich mir aber vorstellen, dass Sie all das Gesagte nicht nur gesammelt haben, sondern selbst darüber rege nachdachten. Ansonsten wäre es schwer vorstellbar, dass Sie so treffsicher Ihre sämtlichen Erfahrungen in nur wenigen Aussagen bündeln könnten.

Wanderer

Sind Sie wirklich Gärtner?

Gärtner

Wieso fragen Sie das? Natürlich bin ich hier der Gärtner! Sehen Sie nur meine Kleidung, meine schmutzigen Hände sowie meinen Eimer samt Handschaufel. Wer oder was sollte ich denn sein, wenn nicht der Gärtner?

Wanderer

Verzeihen Sie das bitte. Da hat wohl mein Geist einen kleinen Streich gespielt und ehe ich das merkte, stellte ich bereits diese überflüssige Frage. Sie urteilen aber richtig. So viele Ansichten über das Wesen der Kunst gingen nicht spurlos an mir vorbei, aber aus zweierlei Gründen: Erstens, weil ich mich gerne mit anderen Menschen über das Thema unterhalte. Zweitens weil ich die Erlebnisse meiner Wanderschaften niederschreibe.

Gärtner

Dann sind Sie auch ein Künstler, denn das Schreiben gehört ebenso zur Kunst ...

Wanderer

... wenn man den Begriff so weit ausdehnen möchte, dann haben Sie freilich Recht. Ich sehe es zwar nicht als Kunst an, aber das heißt nicht, dass ich unempfänglich für Überlegungen bin, wie ich mein Erlebtes am besten vermittele.

Gärtner

Damit haben Sie sich ein gutes Ziel festgesetzt.

Wandere

Was meinen Sie?

Gärtner

Ich meine, dass Sie zu einer Kunstform greifen beziehungsweise über Kunst nachdenken, weil Sie verstanden werden möchten.

Wanderer

Ja, das ist so richtig. Es ist natürlich bekannt, dass Selbstgeschriebenes eine heilsame Wirkung hat. Aber ich schreibe gewiss nicht nur, um Ordnung in meinen Geist zu bekommen, sondern Leuten von meinen Erlebnissen, von meinen Gesprächen und meinen eigenen Gedanken zu berichten.

Gärtner

Und was erhoffen Sie sich davon?

Wanderer

Was soll ich mir schon davon erhoffen? Ich will mit meinen Berichten kein Geld verdienen oder mir einen bestimmten Ruf erwerben. Meine kleinen Schriften sind einfach nur ein Angebot. Wer es nutzen möchte, der darf gerne zugreifen; wer nicht, der lässt es.

Gärtner

Und was ist, wenn jemand Ihr Angebot nutzt? Geht es Ihnen nur darum, dass es jemand nutzt, oder steckt noch mehr dahinter?

Wanderer

Im Idealfall findet ein Austausch zwischen mir und einem Leser statt. Das kann Kritik, das kann ein weiterführender Gedanke, das kann ein Bericht von eigenen Erlebnissen sein. Sie können, denke ich, also sagen, dass ich schreibe, um in einen Dialog mit anderen zu treten. Aber ich bitte, nicht zu vergessen, dass mein Schreiben auch ein wenig Eigennutz ist.

Gärtner

So so, Eigennutz also! Da möchten Sie tatsächlich mehr, als Sie erst zugeben wollten.

Wanderer

Vielleicht, aber nicht das, was Sie sicher im Hinterkopf haben. Der Eigennutz besteht darin, sich selbst kennenzulernen. Das Schreiben, oder aus Ihrer Perspektive gesprochen, meine Kunstform zielt nicht nur auf Dialog mit anderen, sondern auch mit mir selbst ab.

Gärtner

Ich begreife langsam, wieso Sie sich scheuen, Ihre Schreibarbeit als Kunst zu bezeichnen.

Wanderer

Jetzt bin ich aber gespannt!

Gärtner

Ich vermute, dass Sie bei den vielen Gesprächen mit den vermeintlichen Künstlern nie ein Wörtchen darüber gehört haben, dass Kunst etwas mit Selbsterkenntnis zu tun haben könnte, nicht wahr?

Wanderer

Sie sind scharfsinnig. Doch wenn Sie dem Kern auch bereits sehr nahegekommen sind, haben Sie ihn noch lange nicht getroffen.

Gärtner

Wie gesagt, ich bin Gärtner und kein Schütze, nicht einmal vom Sternzeichen her. Und daher würde ich mich freuen, wenn Sie mir sagen könnten, welches Ziel ich gerade verfehlte, wenngleich nicht in Gänze.

Wanderer

Sehen Sie die Prachtlibelle. Sie ist nun wach. Und mir scheint, sie wird gleich losfliegen, um nach Nahrung zu suchen. Das wunderschöne Wesen tut, was es tut. Hat es Hunger, spannt es seine Flügel und begibt sich auf die Jagd nach anderen Fluginsekten. Sie fliegt plötzlich einfach los, begibt sich aus ihrer Sicherheit in Gefahr und kehrt im Idealfall mit vollem Bauch zurück. Ich wäre eine schlechte Prachtlibelle, denn ich wüsste in dieser Welt gar nicht, den Mut aufzubringen, einfach loszufliegen. Es ist fehlender Mut; daher sehe ich mich als Wanderer, nicht als Künstler, weil ich den Schritt zum Künstler nicht wagen wollte. Meine Gesprächspartner strotzten vor Selbstvertrauen. Jeder von ihnen konnte seine Position felsenfest darlegen und sich gegen andere Ansichten verteidigen. Schon weil ich bezweifele, dass es ein Wesen der Kunst überhaupt geben kann, gehöre ich kaum diesen Leuten an.

Gärtner
Wären Sie denn gerne ein Künstler?

Wanderer
Ja und nein. Das ist kompliziert.

Gärtner
Versuchen Sie, es mir zu erklären. Wenn ich etwas nicht verstehe, dann frage ich gerne nach, und ich schätze, Sie werden mir gerne eine Antwort geben.

Wanderer
Lassen Sie mich bitte mit einer Frage beginnen: Wie würden Sie diejenigen

charakterisieren, die von der großen Akademie der Künste kamen, um den Meister zu treffen?

Gärtner

Wollen Sie meine ehrliche Einschätzung?

Wanderer

Sehr gerne, nehmen Sie kein Blatt vor dem Mund.

Gärtner

Arrogant, überheblich, narzisstisch, ruhmsüchtig und insgesamt unmenschlich.

Wanderer

Es sind bei Weitem nicht alle, die sich als Künstler sehen, so geartet wie ihre Besucher. Doch die, die sich ihren Platz in der Öffentlichkeit behauptet haben, zeigen einmal mehr, einmal weniger genau diese Charakterzüge. Sie geben vor, Künstler sein zu wollen. Und dennoch haben sie ein ganz anderes Ziel vor Augen, als Kunst zu schaffen oder Künstler zu sein.

Gärtner

Der eine strebte nach unendlicher Bekanntheit, der andere wollte ein für alle Male als Künstler gelten. Meinen Sie das?

Wanderer

Ich meine, dass Kunst für diese Leute nur ein Ersatz ist. Sie wollen etwas, das sie nicht bekommen können. Das kann Zuneigung, Wertschätzung, Liebe, Freundschaft, Einfluss ... was auch immer sein. Weil sie das und anderes nicht erhalten, suchen sie sich einen Ersatz. Viele Leute kaufen sich Statussymbole, werden Chefs bei großen Firmen, nehmen eine politische Karriere auf sich, manche versuchen es mit der Kunst. Ich will nicht abstreiten, dass sich manche dabei vielleicht auch auf eine gewisse Erkenntnissuche begeben und versuchen, so gut wie möglich in ihrem Handwerk zu werden oder mit ihrem Treiben andere zu eigenen Gedanken zu bewegen. Das alles ist aber kein Selbstzweck für sie. Sie nehmen allerlei Strapazen auf sich, damit sich dann jemand bedankt, Achtung schenkt, Respekt zollt, Preise vergibt, Geld anbietet, Zeitungsartikel veröffentlicht und so weiter.

Gärtner

Da ist durchaus etwas dran. Nur ist es nicht zu pauschal, die Problematik so einzuschätzen?

Wanderer

Ich biete Ihnen auch keine fertige Theorie an, sondern wiederum nur Erfahrungen, aus denen ich meine Schlüsse gezogen habe. Was ich nicht erlebt habe, kann ich natürlich in meinen Betrachtungen nicht unterbringen. Und daher werden viele Gegenbeispiele von mir nicht aufgeführt werden können; einfach, weil ich sie nicht erlebte. Dass ich aber so schlechte Erfahrungen machte, ist das erste Traurige an der ganzen Sache. Das zweite Traurige ist, dass sich jene Leute zwar durchaus um ein Verständnis von Kunst scheren, aber das nur deswegen tun, um eine Rhetorik an den Tag legen zu können, damit ihr Weg zu ihren eigentlichen Zielen auch sprachlich unterstützt wird. Wer tolle Worte wie „Intuition", „Kunstfreiheit", „Genie" und solches Zeug in den Mund nimmt, der scheint heutzutage irgendwie als Künstler zu gelten. Und das dritte Traurige ist, dass die Zuschauer, die Zuhörer, das gesamte Publikum an Interessierten sich von jener Rhetorik blenden und jene Scharlatane hochleben lassen sowie allen anderen, die nicht in die Fußstapfen dieser Betrüger treten wollen, die Chance nehmen, überhaupt einmal wahrgenommen zu werden.

Gärtner

Und so wie sie wollen Sie nicht sein, oder?

Wanderer

Genau.

Gärtner

Das heißt, Sie wollen gar nicht als Künstler angesprochen oder verstanden werden, weil Sie glauben, mit jenen Scharlatanen, wie Sie sie bezeichnen, in einen Topf geworfen zu werden. Da Sie sich aber dafür entschieden haben, wird Ihnen nun wiederum die Aufmerksamkeit verwehrt.

Wanderer

Das ist es, was mich oft so wütend macht. Und das gilt nicht nur für mich. Es gibt so viele Talente, so viele Strebsame da draußen, die in der Masse von Stümpern und Möchtegernen untergehen.

Gärtner

Sie selbst wären aber gerne so etwas wie ein Künstler, was auch immer das für den Moment bedeuten soll, oder?

Wanderer

Das ist das, wofür ich lebe.

Gärtner

Aber wenn Sie selbst Künstler werden wollen und Sie sich über fehlende Aufmerksamkeit echauffieren, was unterscheidet Sie dann beispielsweise von jenen Personen, die zu unserem Meister wollten?

Wanderer

Weil ich unterscheiden kann!

Gärtner

Was meinen Sie?

Wanderer

Ich denke genug Mist und schreibe diesen Mist von Zeit zu Zeit auf. Das ist aber eine Arbeit, die ich alleine für mich leiste. Nichts davon würde ich jemals veröffentlichen. Wenn ich hinaus in die Welt gehe, dann nur deswegen, um das, was ich zu sagen habe, Leuten mitzuteilen, in der Hoffnung, dass ich ihnen eine Stimme verleihen, ihnen neue Gedanken mitgeben oder sie zum Austausch anregen kann. Mein Ziel ist kein Ruhm. Ich will mich nicht durch Kunst von etwas ablenken. Verstehen Sie mich nicht falsch. Ich bin kein Heiliger. Ich habe genug von den Charaktereigenschaften dieser sogenannten Künstler in mir. Aber ich arbeite jeden Tag daran, von ihnen wegzukommen und nicht mich durch meine Werke in die Öffentlichkeit zu begeben, sondern schlicht und einfach meine Werke in die Öffentlichkeit zu bringen.

Gärtner

Die Frage wurde Ihnen schon oft an den Kopf geworfen, oder?

Wanderer

Ich bin es einfach leid, wie schnell man in einen Topf geworfen wird. Kunst ist kein starrer Begriff. Daran halte ich fest. Und warum? Weil Kunst eine Form von Philosophie, ja eine Lebensform ist. Und eine Lebensform ändert sich. Man kann sie nicht für alle Male begreifen, sondern ihr Begreifen geschieht immer wieder neu. Wenn ich mich heute und nächstes Jahr frage, ob ich ein Künstler bin und was mich ausmacht, dann werde ich unterschiedliche Antworten geben. Und falls das nicht der Fall sein sollte, dann weiß ich, dass meine Lebensform sich nicht weiterentwickelt hat und ich sozusagen erstarrte. Das sind aber Gedanken, die komplizierter werden, je mehr man sie ausformuliert. Und dazu haben Leute heutzutage weder Zeit noch Geist. Schneller ist es, mich mit jener Frage abzustempeln.

Gärtner

Sie haben Recht, das wird sehr kompliziert. Aber kompliziert ist nicht verkehrt. Unsere Prachtlibelle ist wieder da. Schauen Sie nur. Ob sie etwas zu fressen gefunden hat? Dass sie fliegen kann, ja dass sie überhaupt lebt, ist an so viele Prozesse gebunden, dass es ein Wunder ist, ein Wunder wie alles Leben hier in diesem Garten und auf diesem Planeten. Und wie viel wunderlicher im besten Sinne ist dann Kunst, wenn man sie, wie Sie, als eine Philosophie versteht.

Wanderer

Ja, eine Philosophie ist sie. Der Künstler ist Philosoph und der Philosoph ist Künstler. Darin gibt es keinen Unterschied. Beide wollen erkennen, verstehen und zur Sprache bringen. Welche Mittel sie dazu wählen, ist egal. Aber beide wissen, dass ihr gesamtes Streben nach Kenntnissen und Fähigkeiten mehr ist als bloßes Denken oder Anfertigen. Was sie tun, ist eine Lebensform, ja eine Lebenskunst. Und diese Lebenskunst ist nicht darauf bedacht, nur das eigene Leben erträglich oder sogar glücklich zu gestalten. Sie zielt darauf ab, auch anderen zumindest dabei zu verhelfen, das glückliche Leben zu erreichen.

Gärtner

Ich denke, ich sollte Sie mit jemandem bekannt machen. Kommen Sie bitte mit.

Das vierte Gespräch (zwischen Wanderer und Meister)

Gärtner
Nehmen Sie hier bitte auf diesem Kissen Platz.

Wanderer
Ein Zafu-Kissen? Ich bin nicht zur Meditation hergekommen.

Gärtner
Gedulden Sie sich bitte kurz. Ich hole nur jemanden …

Wanderer
Was soll diese Kleidung? Achso, na klar, ich hatte also doch Recht gehabt. Von wegen Gärtner. Da haben Sie mir aber eine schöne Geschichte aufgetischt; und das sehr überzeugend. Nicht schlecht. Nicht schlecht.

Meister
Als erstes sollten wir von dieser sprachlichen Distanz Abschied nehmen. Daher würde ich mich freuen, wenn wir uns duzen. Bist du damit einverstanden?

Wanderer
Ja, das geht für mich in Ordnung. Aber sind Sie nicht, ich meine, bist du nicht der Meister? Darf ich dich einfach so

ansprechen, wo gleichzeitig deine Diener den Kopf senken, sobald sie dich sehen?

Meister

Das ist allein meine Entscheidung und dir sei es gestattet. Noch etwas: Denke bitte nicht, ich habe dich angelogen. Ich bin hier auch der Gärtner. Und nicht der einzige. Hier gibt es noch viel Personal, wenn ich es einmal so formulieren soll.

Wanderer

Es gibt hier also noch mehr als Gärtner getarnte Meister?

Meister

Nein, keine Meister. Davon gibt es im Moment nur einen. Aber die anderen sind Menschen, die ich als Künstler ansehe. Sie entschlossen sich, hier zu bleiben und mir zu helfen, den Garten zu pflegen. Andere wiederum tauchen als Diener auf, die du bereits gesehen hast. Und so leben hier einige Menschen im Namen der Kunst.

Wanderer

Ihr gebt hier alle vor, etwas ganz Anderes zu sein? Warum?

Meister

Das trifft die Sache nicht. Ich bin Meister. Als solcher wurde ich in der Ferne ausgebildet und vereidigt. Die anderen Leute hier sind auch Gärtner, sind auch Diener, aber alles in einem gewissen Rahmen. Wir zelebrieren sozusagen eine Form von Aktionskunst, die unsere Besucher und Wissbegierigen, die mich unbedingt sprechen wollen, nicht durchschauen. Viele kommen hierher, um den Garten zu sehen und finden Gärtner und Diener vor. Dass es irgendwo noch einen Meister geben soll, sorgt für sie einfach für eine Art Atmosphäre. Sie nehmen unseren Garten dann anders wahr und können ihn scheinbar besser genießen. Keiner durchschaut jedoch, dass alles nur ein Spiel ist. Und das Spiel wird immer dann ausgeweitet, wenn jemand meint, den Meister sprechen zu müssen, um Klarheit zu finden. Dabei suche ich immer noch aus, mit wem ich über was rede – das ist meine Rolle, die ich spiele.

Wanderer

Aber das Durchschauen ist nicht so schwer. Selbst ich habe es geschafft, auch wenn du versucht hast, deine Scharade aufrechtzuhalten.

Meister

Das ist richtig. Für dich war es einfach, weil du nicht in unseren Garten gekommen bist, um nach mir zu fragen. Du wolltest den Garten aufsuchen, ihn ansehen und etwas über ihn erzählen. Alles andere war dir mehr oder weniger egal, so auch ich. Du hast dich von Anfang nicht selbst geblendet und konntest dann schnell erkennen, wer oder was ich bin. Das war den Besuchern von der großen Akademie der Künste nicht möglich.

Wanderer

Und deswegen offenbarst du dich jetzt mir?

Meister

Wie gesagt, ich wähle aus, wer mit mir sprechen darf und wer nicht. Und ich wähle nur die aus, die mich nicht sprechen wollen und ferner etwas zu sagen haben. Diese Bedingungen hast du erfüllt.

Wanderer

Ohne genau zu wissen, wieso, aber ich fühle mich geehrt. Nur kam ich doch gar nicht, um dich zu sprechen. Über was möchtest du dich denn jetzt mit mir unterhalten?

Meister

Nun, eine Unterhaltung haben wir bereits auf der Bank in der Nähe der Prachtlibelle geführt. Genau genommen möchte ich eine zweite Unterhaltung mit dir führen, die aber gewissen Regeln zu entsprechen hat.

Wanderer

Welche wären das?

Meister

Ich stelle Fragen, kurz und präzise. Du antwortest, kurz und präzise. Nur wenn die Fragen es erfordern, darfst du auch umfassender antworten.

Wanderer

Das wird aber ein merkwürdiges Gespräch.

Meister

Aber ein gutes. Dessen bin ich mir sicher. Nun, möchtest du diese einfachen Bedingungen akzeptieren?

Wanderer

Ich denke, so eine Chance, auch wenn mir unklar ist, woraus sie besteht, bekommt nicht jeder. Daher willige ich ein. Also frage mich, was du fragen willst, ich versuche zu antworten, kurz und präzise.

Meister

Das freut mich und wir beginnen sogleich. Also: Gibt es ein Wesen der Kunst?

Wanderer

Nein, aber unterschiedliche Auffassungen können sich überschneiden.

Meister

Hat jeder seine eigene Kunstauffassung?

Wanderer

Das kann man nicht genau sagen. Viele werden unterschiedliche Auffassungen haben, aber es ist auch möglich, dass Leute eins zu eins eine Auffassung teilen.

Meister

Wie könnte man eine Kunstauffassung kritisieren?

Wanderer

Wenn sie in sich widersprüchlich ist oder zu Ergebnissen führt, die nicht der Kunstauffassung entsprechen.

Meister

Was ist der Beginn der Kunst?

Wanderer

Ein Wunsch, etwas zu verstehen.

Meister

Und wie setzt sich Kunst fort?

Wanderer

Mit dem Bestreben, etwas verstehen zu lernen sowie seine vorläufigen Ergebnisse mitzuteilen.

Meister

Was ist also Kunst?

Wanderer

Erkenntnisstreben und Kommunikation.

Meister

Mit was kommuniziert man in der Kunst?

Wanderer

Mit dem Kunstwerk.

Meister

Aus was besteht ein Kunstwerk allgemein?

Wanderer

Aus Gefühl, Denken und Handwerk.

Meister

Und was noch?

Wanderer

Für mich sind es diese drei Teile. Was andere noch hinzufügen, weiß ich nicht und ist für mich im Moment egal.

Meister

Deine Kunstauffassung kann sich also noch ändern?

Wanderer

Ja, denn was Kunst ist, ist nicht starr. Sie ist eine Lebensform. Und wie jede Lebensform, so ändert auch sie sich. Du, wir hatten das doch alles bereits mehr oder minder besprochen, wieso fragst du mich das alles noch einmal?

Meister

Bitte halte ich an die Bedingungen, die du akzeptiert hast. Ich stelle die Fragen, kurz und präzise. Du antwortest mir, kurz und präzise.

Wanderer

Entschuldige bitte. Also fahre fort. Ich werde keine unnötigen Fragen mehr stellen.

Meister

Sollte man ein Kunstwerk erklären?

Wanderer

Nein, wenn es aus sich nicht verstehbar ist, habe ich nicht die richtigen Mittel gewählt, um mich verstehbar zu machen.

Meister

Gehören zum Verstehen aber nicht immer zwei Seiten dazu?

Wanderer

Ja, derjenige der etwas sagt, derjenige, der etwas versteht.

Meister

Kann es nicht dann auch vorkommen, dass man sich so verständlich wie möglich ausdrückt und dennoch missverstanden werden kann?

Wanderer

Das kann durchaus vorkommen. Und deswegen ist es bedeutend, sich in mehreren Werken mit unterschiedlichen Mitteln an einem Inhalt abzuarbeiten. Das meinte ich auch, als ich von der Wahl der richtigen

Mittel sprach, um sich verständlich zu machen.

Meister

Damit bestünde Kunst auch aus der Suche nach einer verständlichen Art und Weise, etwas zu sagen. Zu welchem der drei Bestandteile der Kunst gehört diese Suche?

Wanderer

Ich rechne sie dem Handwerk zu. Denn das Handwerk entscheidet über die gewählten sprachlichen Mittel, die für Verständnis oder Missverständnis sorgen.

Meister

Und darf man jemanden mit Kunst auch irritieren, ihn also absichtlich zum Missverstehen führen?

Wanderer

Das ist immer dann nötig, wenn der direkte Weg nicht möglich ist.

Meister

Besteht ein Kunstwerk ewig?

Wanderer

Ja, wenn es einmal fertig ist durchaus. Allerdings kann ich jederzeit alle Bestandteile des Kunstwerkes aufgreifen, sie neu arrangieren und dadurch ein neues Werk erstellen. Ich kann immer vernichten und schaffen, wie es mir beliebt.

Meister

Muss sich also ein Künstler immer an neuen Gegenständen versuchen?

Wanderer

Das muss er nicht. Liebe wird beispielsweise immer ein Gegenstand der Kunst bleiben. Aber die Art und Weise, wie der Gegenstand künstlerisch verarbeitet wird, sollte neu, das heißt, individuell sein. Ansonsten ist er nur eine Kopie.

Meister

Trägt ein Künstler Verantwortung?

Wanderer

Auf jeden Fall und nicht wenig.

Meister

In welcherlei Hinsicht?

Wanderer

Erstens trägt er die Verantwortung, nicht absichtlich falsch zu informieren beziehungsweise falsche Informationen nur im Sinne einer tieferen Aussage seines Kunstwerkes einzusetzen. Zweitens ist er verantwortlich dafür, sich klar und, soweit sein Kunstwerk nichts anders verlangt, sich widerspruchsfrei auszudrücken. Drittens hat er auf entstehenden Dialog einzugehen, wenn er den Dialog durch sein Kunstwerk herausbeschwört. Und dazu gehört es vor allem, sich Kritik zu stellen, sofern die Kritik auf das Kunstwerk abzielt. Viertens hat er die Verantwortung, als Beispiel für sein Handwerk aufzutreten und sein Publikum nicht mit Stümperei zu verderben. Und fünftens, sofern man Kunst als Lebensform verstehen will, ist der Künstler dafür verantwortlich, gemäß seinen Aussagen zu leben, wobei ich damit nicht die direkten Aussagen meine, die man beispielsweise liest oder hört, sondern die Aussagen, die jenseits der Oberfläche von Schriftzeichen, Klängen und Rollen liegen.

Meister
Willst du Aufmerksamkeit für deine Kunst?

Wanderer
Natürlich! Ohne Aufmerksamkeit ginge es dann doch nicht.

Meister
Bist du ein Stümper?

Wanderer
Was? Nein!

Meister
Dem Stümper wohnt inne, dass er nach Aufmerksamkeit bettelt. Auch du willst Aufmerksamkeit für deine Werke.

Wanderer

Was soll denn das jetzt? Wir hatten das doch vorhin bereits gehabt. Ich bin kein Narzisst oder Scharlatan oder Stümper! Wieso unterstellst du mir das jetzt zum zweiten Mal?

Meister

Die Unterhaltung ist beendet!

Wanderer

Ach, weil ich jetzt wieder die Bedingungen missachtet habe? Vielleicht wäre es auch ratsam, wenn du mir nicht immer wieder dieselbe überflüssige Frage stellen würdest!

Meister

Lass mich dir etwas sagen: Allein, die Tatsache, dass du abermals bei dieser Frage aus der Haut fährst und nichts differenzierst, was es mit dieser Aufmerksamkeit auf sich hat, spricht dafür, dass du noch immer ein Stümper bist. Aber du bist auf einem guten Wege, dich davon zu entfernen. Sehr viel Gutes hast du bereits gesprochen und ich bin überzeugt, dass du Vieles davon auch in deine Werke einfließen lässt. Dessen ungeachtet, das Stümperhafte ist dir noch eigen. Ich möchte dir daher etwas anbieten: Bleibe hier und nimm an unserem Kunstprojekt teil. Werde einer meiner Diener. Du erhältst alles, was du brauchst und bekommst ausreichend Zeit, an deinen Werken zu arbeiten. Wir werden dir dabei helfen, dass du nicht mehr nach Aufmerksamkeit streben wirst, sondern die Aufmerksamkeit als etwas betrachtest, das nicht in deiner Hand liegt. Ob sie kommt oder nicht, darf dich nicht dazu treiben, an dieser Welt, in der wir leben, zu verzweifeln und dich von der Kunst abzuwenden. Wenn du das erst einmal verstanden hast, dann wirst du verstehen, was es heißt, anderen zu zeigen, was sie nicht sehen, anderen etwas zum Denken zu geben, was sie niemals zuvor dachten, was es heißt, etwas zu schaffen, ohne den Anspruch zu haben, jemandem gegenüber gefällig zu sein, Abstand zu nehmen vom Publikum, von Betrachtern, Hörern, Lesern und wie sie sonst heißen. Du wirst sehen, was es heißt, dich wirklich kennenzulernen, zu erkennen, was du verdrängst, was andere verdrängen, was es heißt, dem allen eine Stimme zugeben, nicht nur wachzurütteln, sondern Leute zurück ins Leben zu schreien. Und du wirst mit uns gemeinsam sehen, was heißt, Widerstand zu erfahren, ihn ertragen zu lernen und jeden Tag mit einem neuen Spiel zu beginnen. Weil du noch an der Aufmerksamkeit hängst, kannst du kaum erahnen, was ich dir gerade alles aufzählte, was es bedeutet, die Lebensform eines Künstlers zu wählen, auch wenn du bereits die ersten Ansätze dir angeeignet hast. Willigst du meinem Angebot ein, wirst du dich zerstören, untergehen, dich überwinden und dich letztendlich selbst erschaffen, dich zum Gegenstand deiner Kunst machen, du wirst lernen, was es heißt, ein spielendes Kind zu werden. Die Entscheidung liegt nun bei dir!

Inhalt

Frühere Buchveröffentlichungen

Tageszeitenwanderung, Engelsdorf, Engelsdorfer Verlag, 2010.

Der Kairos, Berlin, Freigeist-Verlag, 2014.

Ein Abgesang auf die Stadt, Dresden, Axiomy-Verlag, 2015.

Weitere Informationen

www.rene-kanzler.com
www.facebook.com/lyrikkanzler